U0722764

黑丫：

中国作家协会会员

中国收藏家协会会员

曾经带着诗歌上路，独身行囊走遍祖国
的千山万水，被誉为：中国大陆三毛。

曾经出版代表作《黑发飘飘》填补了
青岛市西海岸文化史上的一项空白。

诗歌作品：《人间绝唱》
《爱情神话》《黑丫诗歌选集》

文学剧本：《女人不是港湾》

随笔文集：《为谁流浪》

小说合集：《走过纯情的沼泽》

等多部文学作品。

黑丫诗歌

目录

第一季:你是我的致命天涯

第二季：你是我生命中的黑洞

第四季：与你回眸一笑百媚生死有期

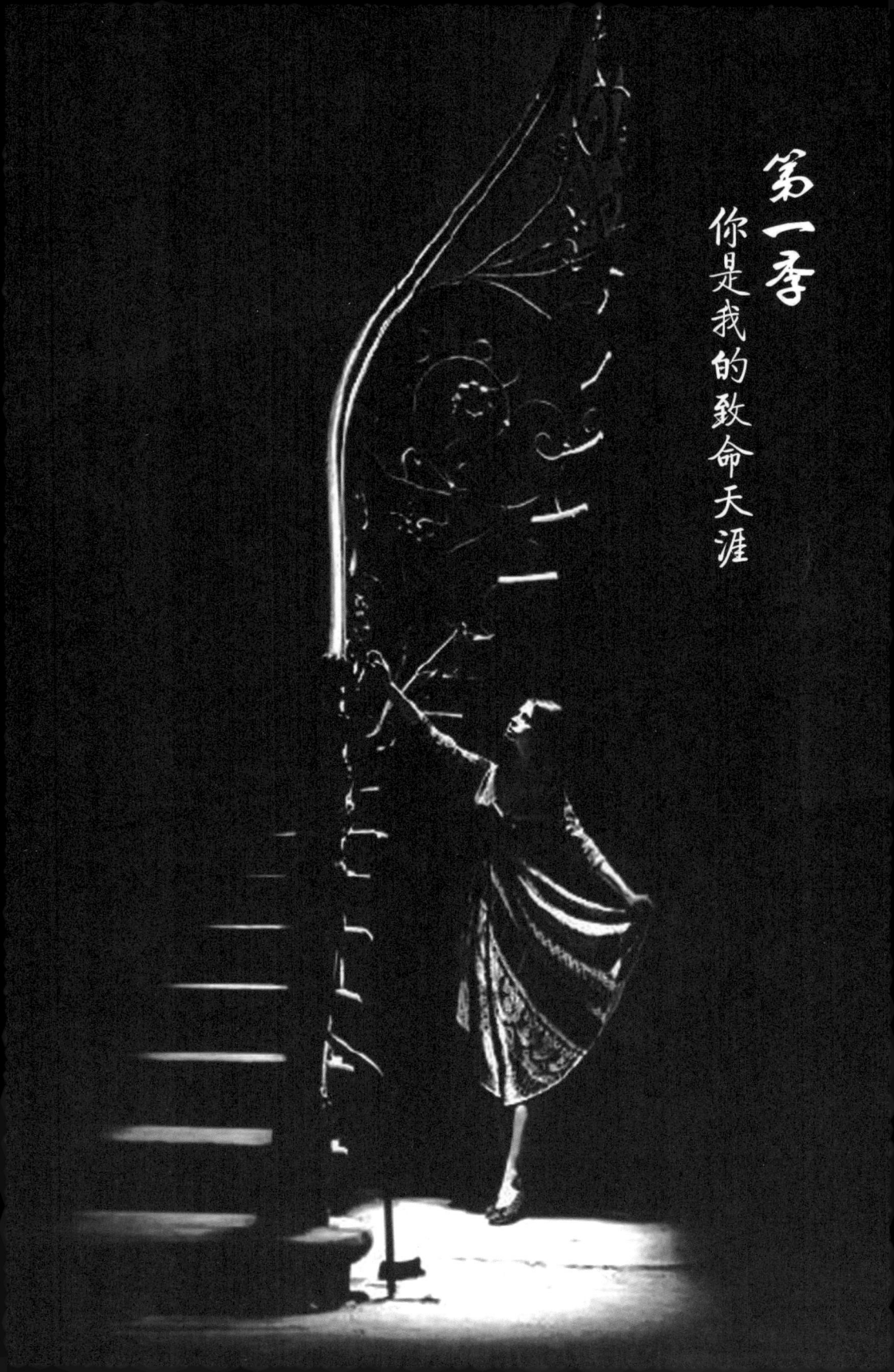

第一季
你是我的致命天涯

你是我的致命天涯

自从你离开的那个夜晚

我点燃烛光为你照亮漆黑的黎明

你的不见就是我搁浅的诗句迷路

摇曳着我覆水难收的惨淡风景

我不再是你缝补的一片帆飘扬生命

你不再是我编织的一张网收纳爱情

你终于把我困在了水中央独自远行

还会有谁会来为我的忧伤歌唱走红

没有你的日子我不再出门旅行

生怕在拐弯的街角与你再次相撞惊恐

就像怎么也不会想到的那次狭路相逢

呆呆看着坐在你身边的女子心如空塚

索性把我的诗连着心曲抛向夜空

宇宙深处自然会有觉悟的智者帮我摆平

他说，你是我的致命天涯

只有繁华落尽才会皈依万般放下的人生

为你点亮一盏酥油灯

你走的那天

我不在你的身边

你没有留下只字片段

也没有留下从此不回头的誓言

我不知道你离家的初衷是否周全

我不知道你出走的理由是否缤圆

只是因为爱你太深太深了

不忍心打扰你闯荡的信念

于是，在你离开后的许多天

我买了酥油买了青铜的灯盏

用温暖的炉火化开了尘封的夙愿

一点一滴为你冶炼旅途的风险

从此以后的每一天

我都会为你点亮一盏酥油灯

禅定的火焰默默燃烧着世态恩怨

为你照亮疲惫的脚步回家的路面

你走你回都已经不再重要

一壶春水在争执时倾倒

远方的天涯灌满身边的海角

你趁机驾舟顺流而下地飘摇

我站在门口望穿双眼地寻找

你究竟要去哪里采撷草药

匆忙中忘记带上家的味道

那棵树始终守在心底的怀抱

为你日夜的平安放牧着远眺

如果你是义无反顾地逃跑

为何再回首时心升炊烟袅袅

如果你是将我断然决绝地忘掉

为何听到风吹草动时还那么烦躁

如果你仅仅是为了赌气落荒而逃

那你真是开启了我曾经依赖你的善巧

因为即便离开了你日升月落照样环绕

所以我的喜怒哀乐一如既往地花开泪飘

我知道你无论走出了多么远的道

你与我其实就是门里门外咫尺之遥

那棵树见证了你背叛时叶落的哀悼

我即便在门缝里又如何不掩面跌倒

我知道你无论倍受了多么久的煎熬

你还是会藕断丝连地牵挂着爱巢

其实在你的内心我依然是你的珍宝

只要我真情呼唤你瞬息之间梦醒回潮

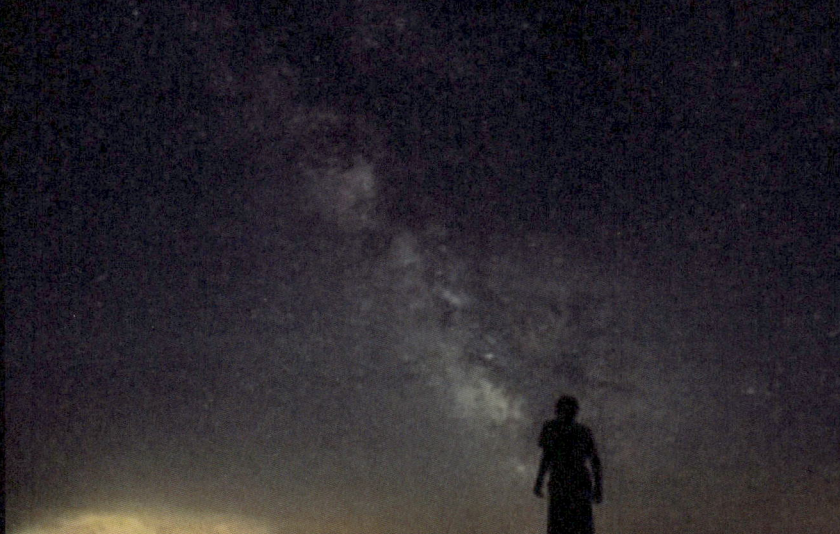

只是我的心被你伤成了一枚石膏

你让我的再次寸断已经在柔肠中破晓

纵然有窦娥的冤屈让夏季的雪花哀嚎

天塌地陷时你走你回都已经不再重要

就这样我绝不会再次向你招手微笑

我的笑容已经被你无情地投怀送抱

即便我的伤口疗养的初生般地美妙

我还是要送你一句：请你一路走好

失去了我的世界，
你的人生将彻底凋零

我曾经是你面前的一汪水

为你解渴也为你洗去困境

尽管你在雨季将我排斥

我还是流着泪水留在那里苦等

我曾经是你山坡上的灌木丛

郁郁葱葱为你巩固流失的创痛

尽管你在秋季将我烧成尘土

我依然忍着疼痛为你再次茂盛

我曾经是你身边的一面墙

为你遮风的同时又挺直了你的脊梁

尽管你躲进了更温暖的房屋中央

我仍然伫立四面八方为你守候围城

我曾经是你手腕上佩戴的一串玉

温润着你倔强的刚性和烈火的激情

尽管你以斑斓的宝石更换了我的醇厚

我就是自信自己是无价之宝的魅力无穷

虽然我是你面前的一汪水

因为你没有将我节约地储存

失去了我的世界

你面前的江河将枯竭无踪

虽然我是你山坡上的灌木丛

因为你不屑我存在的重要性

失去了我的世界

你光秃的大树也没有了擎天的从容

虽然我是你身边的一面墙

因为你无视我守候的默默身影

失去了我的世界

你将完全浸沉在风霜雪雨的旅程

虽然我是你手腕上的一块玉

因为你抛弃了我二十年相随的真情

失去了我的世界

你将一无所有地在悔悟中爱恨交融

虽然我是你的曾经曾经

因为你义无反顾地抛弃道义孝忠

失去了我的世界

你的人生将彻底凋零

你曾经是我最美的风景

你曾经是我最美的风景

生命里因你注入一道阳光

心田里因你茂盛一片期望

你的到来使我将尘埃遗忘

你曾经是我最美的风景

心房因你点亮了一盏烛灯

纯情因你葱郁了一株花香

你的深入使我将幸福典藏

你曾经是我最美的风景

美丽的风景伴随着迷茫开放

爱恨情愁饱尝着岁月的沧桑

我的心从此守候着诺言的地老天荒

今生与你相恋的时光无常

青花的爱情破碎成遍地的遗孀

惊世的因果坍塌出漫天的冥想

缠枝的莲花还是朵朵相连地开在心上

今生与你分别的迷惘

曾经是我最美的风景打烊

我与你的姻缘原本就是神话的意象

一闪即逝也不枉费惊心动魄了一场

今生与你背道远航

曾经的一切都在泪水中流淌

最美的风景走进最深的绝望

从此你与我天涯分离各奔远方

你在我的灵魂深处居住

我把你装进笔芯的中轴线

然后将你挥洒在字里行间

连笔是我将情感拖泥带水

浸入你深藏不露的莫测心田

我把你握在手里的时候

情不自禁的手心就出汗

分开的段落里有苦有甜

埋下伏笔的心语在彷徨中释然

就这样写着言不由衷的文字

在患得患失中一段段一篇篇

思念在回忆中一阵辣一阵酸

你在我的心底深处总是若隐若现

虽然你在我的灵魂深处居住

却常常想着你若晴好我便心安

其实你就是我脉络里流淌的血液

心律在起伏中记录着你轨迹的航班

你能够在我的灵魂深处居住

是因为我已经把你刻骨铭心地收敛

从此你在我心里可以自由地出入拐弯

那是因为我已经对你拆除了底线的栅栏

一春花落还会有下季花开

那场花落得纯属偶然

缘自一场春雨的意外

你在我的质疑中离开

我在你的冷漠里释怀

你我原本紧扣交叉的十指

弹落了一场风花雪月的入场券

在苼笛萧瑟的夜晚里无眠

有谁为我在路灯下辗转徘徊

那场花落已经远去

你既然走了就别再回眸

我的泪水已经旱涝成灾

熊熊烈火燃烧着我捆绑的干柴

毋庸置疑的花落花会再开

我已经在等待中绝望而归

因为你专注的神态已经破碎

从此我摘下了注明你的门牌

你和我就是彼此的驿站

你默默地远离着预示告别

我静静地守候着显现失落

擦肩而过的站台上分道扬镳

留下了我们彼此的纠结恩怨

多少年以前柔情似水地等待

你曾经是我忠贞不渝的专线

多少年以后人去楼空的迁徙

你又在谁的身边厮守着相伴

笑容，留在了我们相识的从前

悲伤，留给了我们分手的路边

你选择离开的时间偶然得惊颤

我放弃挽留的理由固执得果断

在你眼里我不再是你的牵绊

在我眼里你不再是我的伟岸

仿佛流星般划过生命的爱情

也许还会有惊心动魄的遇见

今夜有雨无声地飘落

今夜有雨无声地飘落

我顺漂流而下的花瓣入坐

观想你脱颖而出踏莲而来

捧一团燃烧的炭火暖我心窝

今夜有雨无声地飘落

一如尘埃无声地滑过创作

经年的香火在膜拜中般若

虚空依然在雪后群星闪烁

如果仅仅在这个流泪的夜晚

你才会来敷衍我守候的期待

不如收起青花易碎的弹指岁月

让我在珍爱中用诗词为你谱歌

今夜有雨无声地飘落

我一如既往对誓言信守着承诺

即便你不再如期垫付亏欠的契约

我也不会于怨恨中与你断然抉择

等候在这个午后的雨天里哭泣

我的心

曾经是九天之上的甘露

汪洋的深情装在宝瓶里

终于在一个轮回的劫世

菩萨慈悲的手轻轻地

将我沾在柔软的枝头皈依

如果仅仅是为了让我下凡

何不打开瓶盖将我倒进海里

我究竟犯了那条天规地律

非要将我一滴一滴洒落

我宝华般的心结

面临层层的剥离

我一颗高傲的心啊

在飘落的过程跌荡失意

一会是冰洁玉清的晶体

一会是尘埃笼罩的窒息

一会是彩霞舞动的神奇

一会是乌云密布的端倪

原来以为今生降落的种种因缘

只为了做完前世里欠你的命题

却怎么也没有想到你的作业太多

我心力交瘁做着一道比一道更难的课题

直到我没有办法做下去时放弃

等候在这个雨天里无奈的哭泣

我憋了多久？

终于等来了这个午后的雨季

漫天倾泻的雨水啊

你没有办法将我的心灵洗涤过滤

因为我的心已经在相爱的过程碎成了点滴

前世的高洁与今生的污垢遭遇后不甘解体

我的心

曾经是九天之上的甘露

世间有谁在仰望我的双眸里

还能被晴空撒落的一滴水珠打湿的在意？

那双在宇宙深处闪烁着光芒的眼睛

在我哭泣的这个雨天里充满禅意的俯视

第二季
你是我生命中的黑洞

爱情神话四部曲：

第一部曲

注视你的眼睛

第一次注视你的眼睛

你的目光像闪电

划亮了我的心灵

点燃了我的憧憬

第二次注视你的眼睛

你的目光像路灯

朦胧了我的梦境

笼罩了我的纯情

第三次注视你的眼睛

你的目光像灯塔

忽闪了我的航程

拴系了我的缆绳

第四次注视你的眼睛

你的目光像手电筒

布置了我一个温柔陷阱

使我从此深陷其中

爱情神话四部曲：

第二部曲

你是我生命中的黑洞

你出现在我面前的时候

是我人生道路上的一个黑洞

于是，我不顾一切走进去

走进一个深不可测的爱情

洞里有仙境般的风景

洞里有机关重重的陷阱

明亮处，我们则能情景交融

黑暗时，我们只有磕磕碰碰

你也曾试图搀扶着我共度人生

我也曾试图努力做超越现实的美梦

然而，你的搀扶总使我没有安全的理性

我的努力也没有使你放弃诱惑的主动

你是我生命中的黑洞

我走进去便迷失了眼睛

我得到了一种探险的欲望

却失去了一份轻松的心情

爱情神话四部曲：

第三部曲

我们的爱情是座雪峰么

你反复无常的举止

怎能使我的情绪平静

你的冷漠寡言

怎能不浇灭我火焰般的热情

假如我是一棵期望的树

却为什么不能将你的目光拴住

你出走的同时

我也连根拔起一道亮丽的风景

我们的爱情是座雪峰么

遥望的时候多么神圣

仿佛我们结合融化的同时

一见钟情的爱也神秘失踪

如果人生真是一条道路

那么生活就是一段旅程

我俩相伴走到岔口的途中

面面相觑不再远行

爱情神话四部曲：

第四部曲

你是我的爱情神话

自从认识你的那天起

我的生命里诞生了一个神话

神话里有真有假

我辩不清你闪烁目光的狡诈

自从诞生了那个神话

我的人生开始了又一个海角天涯

征程上有落叶有鲜花

我在痴迷中执着坚信爱情的伟大

你是我的爱情神话

我爱你的时候竟忘了你的圆滑

直到有一天我发现了你的虚假

你却还在认真地对我发誓说着谎话

你是我的爱情神话

就连你的离去我都找个理由容纳

你的变化早已逐渐将最初的真情蜕化

我这才相信爱情只是神话不是我需要的家

你曾经是我最具足的缘

自从那天多看了你一眼

一道闪电划开了镜像恩怨

这些年虽然不知道你去了何方

回眸的瞬间仿佛千山万水走遍

自从遇见你以后的那一天

我沉寂的觉悟开始无言

你真情告白时只说了一句话

我会让你的才华发挥到极限

与你注目的刹那间

仿佛抓住了天窗里垂下的那根藤蔓

在久远的梦境里荡漾着无眠

你来自天堂踏天梯为我下凡

自从握住了你的手

再也不想追溯疤痕的根源

那些过眼云烟终将随风飘散

你才是我曾经遇见的最具足的缘

你踏春而来，我踏雪而去

你面向大海踏春而来

涛声依旧不见当初的夜晚

我回避从前踏雪而去

雪花无言飘洒最初的场景

繁华落尽

你在坛城里闭关

箫声响起

我于道场间穿行

你踏春而来的时候

是一个缠绵的雨季

所有的花朵

流着泪水求生

我踏雪而去的时候

是一个祥和的暖冬

万里冰封的山水

一展我的笑容

爱你如此疯狂

尘世阡陌人海茫茫

青春摆渡人间沧桑

我与你不期而遇中相撞

我与你一见钟情的疯狂

纵然有千般思念万般念想

如今在我轻轻敲击的键盘中

一方是无法泅渡的爱情海洋

一方是路人止步的风景画墙

在最静的竹林里幽居

在最深的尘世间相遇

我爱你一股无法言表的力量

一如不可思议的经卷留香

望着已经走远的时光

撇下内心独守的彷徨

你抓住我手拴住过往的眼光

你让我如何不爱你爱的疯狂

我爱你到了悬崖的地方

竟然忘记了你狡诈的情场

逢场作戏原来是你的老本行

我的爱只能在深渊里埋葬

我在原来的路上等你

这么久了你去了哪里

从前世到今生的漫长

让我一个人在水塘边

孤零零地打捞着圆缺的月亮

你在何方呼唤我的名字

冥想之中辨不清你所在的方向

是谁为我们遮掩了一道屏障

让你我在水一方地遥遥相望

一盏烛光为你来时的路上照亮

一壶酥茶为你奔波的劳累清场

如果你累了就坐下来歇一歇吧

我依然在原来的路上等你返乡

无论天长地久还是地老天荒

你都不要忘记当初约定的地方

我仍然在原来的路上等你更换衣裳

你不来我就守候成一尊圆寂的雕像

我的泪水遍地流淌

你看你的冷漠

把我伤成了什么模样

天空的白云托不住我泛滥的汛期

倾盆大雨和着我的泪水遍地流淌

你看你的抱怨

把我伤成了什么模样

魏巍青山流淌着我们清凉的故事

可惜你于灯红酒绿里也不去回想

你看你的无情

把我折磨得遍体鳞伤

曾然是沧海桑田累积下来的生活片段

还是被你演绎成背信弃义的世态炎凉

你看你的离开

把我折磨得暗自忧伤

曾经是那么柔弱的紧紧扣着你手的我

如今连盛不住的泪水也在雨天里珍藏

你看你的悲哀

把我手中的伞吹落在何方

那幅油画的面孔涂抹了一地的染料

再也收拢不起这份沉淀的审美时光

你看你的选择

把那座遮挡风雨的老屋

遗忘在家乡田野的槐树旁

还有那座辘轳女人和井的院落围墙

你看你的伤害

把送我的那条大红的围巾

当成抹布擦来擦去着肮脏

最后扔掉了一团蹉跎岁月的迷茫

也许这才是你和我的结局

你走过多少弯曲的路

才会想起要回我等你的家

你走过多少迂回的桥

才会想起我一直在彼岸望你的眼

你踌躇的年华错过了春夏的深涵

你满腔的激情掠过了秋冬的收敛

盛宴上摆放着你色香味俱全的谎言

手机里陈列着你枉费心机的符号精简

我把所有伤心的往事都推卸一边

为的还是等着你一起携手终点

我把所有绝望的念头都丢弃不谈

为的还是希望与你一起因果圆满

而你就是在外面逍遥着漠然

根本不在意我的泪水我的思念

你总是走不出我的心地我的眼帘

我面对的又是撕不碎的面具和无语的伤感

如今你和我形同陌路

家的概念已经名存实散

你却没有任何音讯牵连

我心凉得也不期望彼此再能偶然遇见

也许在若干年以后的某一天

在某个城市或乡村风光明媚的街角边

你和我再次不期相遇地惊颤

彼此凝望片刻然后彼此默默地走远

我为你守住一座城

深夜的我躺在床上数窗外的星星

一颗两颗三四五颗万象尽在其中

远处有流星瞬间划过无泪的天空

我起身而立仰望着浩瀚肃然起敬

寂寞的情绪总在无眠的夜晚惊醒

凝结的往事总是独守远去的困境

想起离去妈妈临终时握手的叮嘱

再坚强的心灵也会在酸涩中疼痛

妈妈说，以后你别总是任性

我不在了你吵架以后到哪都不行

无论天大的事都不要离开家

守住家就是为你自己守住一座城

多少年以后的许多天

我依然遵循妈妈临终时的话

任凭别人走丢我也不离开城池半步

生怕回归的你找不到那扇青铜的门铃

第三季

我曾经是你淘来珍藏的一件宝

我曾经是你淘来珍藏的一件宝

我在尘世的流传中遗失了很多年

却没有一个人识别我的来历和不凡

直到在一场劫难中与你偶然巧合遇到

你这才转身向我投下深情一眸的海啸

你将我紧紧握住爱不释手地抚摸

时不时地显耀一番你与我的缘起因果

直到有一天你被找上门来的古玩商诱导

拥有了一件从未见过的赝品女娲补天的臆造

其实你的内心非常纠结和志忑煎熬

因为你很清楚我既是孤品又连城地价高

所以你斟酌再三还是将我虚情假意地展销

从此我被你喜新厌旧地扔在橱窗的一角

你就这样带着赝品典当着乐此不疲地逍遥

所有的憧憬在今生被你颠覆着万丈的魂消

直到有一天你失去了珍藏着我的真情照耀

这才恍惚中惊觉瞬息万变的起伏爽约着福报

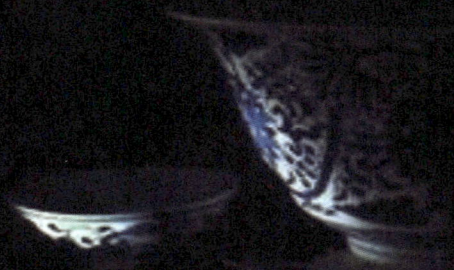

我曾经是你淘来珍藏的一件宝

直到有一天你把我真的弄丢了

捡我的人又不懂我前世今生的辛酸味道

还能有谁与我通心缠枝相连着倾诉通宵？

我曾经是你淘来珍藏的一件宝

即不想回到你寻找从前的怀抱

又不想留下来陪着他炫耀福田的富饶

我只想着什么时候才能回到初始的窑？！

我曾经是你淘来珍藏的一件宝

传世的故事永远流行在民间里编导

什么时候我才能回到生养我的家喻户晓

让我再也不离开将我出土的你的怀抱

只要我能回到初始的窑

哪怕我是次品将我打碎埋掉

哪怕将我揉碎再次将我回炉燃烧

我也心甘情愿地死不足惜地生不骄傲！

真爱留在家乡的从前

离开家乡的那一年

我就对自己许下诺言

携手爱人衣锦还乡

是我的最大心愿

天涯海角的漂泊

挫折磨难的失落

只向一个目标发现

寻找我挚爱的善缘

就这样在希望里一天天

就这样在迷茫中一年年

当我伤痕累累卸下行囊

蓦然回首真爱留在家乡的从前

你一直空着碧波的港湾

等我回来疗养旅途伤残

我与你再次牵手的瞬间

分不清的酸涩泪流满面

你是我情愿守候的爱情神话

想用一句话来概括你

却找不到一个形容词

想用一首诗来赞赏你

却写不出一行行新意

想用一个镜头拍摄你

却扑捉不到你立足之地

想用尽全部的情感来爱你

却遭到了你冷漠无情的遗弃

你是我情愿守候的爱情神话

日夜丰富在一片纯净的想象里

千言万语化作晶莹的思念泪滴

洒落在梦境挽手相伴的心地

你是我情愿守候的爱情神话

缘起时有你的墨香诗句

缘灭时有你的行云飘逸

连飞翔的梦想都被你折断羽翼

你是我情愿守候的爱情神话

你与我搭建的圆木小屋还在沐浴风雨

你与我构筑的山水园景还在茂盛奇迹

还有那些忘不掉的点点滴滴的患难情意

你是我不得不情愿守候的爱情神话

所有的景象全部套牢在岁月的空间里

高山流水下隐居着我的唐诗宋词

婉约淡淡清风吹不远的花香鸟语

你送我这串水晶传奇的捻珠

我喜欢拥有许多长串的捻珠

提珠，念珠，手珠，佛珠

几乎占据了我收藏视觉里的空间

琳琅满目地随处可见的惊喜

众多佛珠里面只有一串捻珠被放在枕下

外出的时候才被缠绕几圈戴在腕上

每次拿在手里都会格外爱护珍惜

小心翼翼的生怕碰散了一帘幽梦的心事

那是你送给我的生日礼物

这串捻珠读经的时候计数

晶莹剔透的水晶光洁绚丽

折射着大海蕴藏的智慧量词

你送给我的时候对我说：

请收下大海的精华

就收下你智慧的容纳

你的诗歌一定会遍布天涯无上菩提

仅仅为了你明眸中闪烁的灵光话语

我收下宛若被大海净化的那串水晶捻珠

仿佛收下了你一颗咫尺的心

来自遥远的期待和牵挂的含义

这串水晶的捻珠是表法的工具

曾经被无数高僧大德的咒语加持了秘笈

曾经被大宝法王云游的梦里捻动诵经传密

珠光过滤着世态的炎凉五线穿越尘埃的记忆

每一粒的捻动

都深刻佛陀的面容

每一珠的捻过

都闪烁禅密的寓意

我戴在腕上的刹那里

时光在弹指之间沉浮远去

我收进行囊的瞬间里

岁月在渐行渐远中都不是彼岸的距离

许多年以后的那一天你又离我而去

不知在与谁携手的天涯里繁衍生息

而我依然初心不改握着你水晶般菩提的话语

一如既往地过着艰难的日子写着不屈服的诗！

许多年以后的这一天你又有了消息

而此时此刻的我已经被风霜雪雨浸泡了心迹

一片千疮百孔的心田漂泊在回家疗养的小路上

任凭无语沧桑掠过岁月的长堤停留在你归来的冬季

你把我迷失在午夜的梦里

常常是我一个人徜徉的夜晚

独守在黎明的每一个角落

放不下你的瞬间心无所属

只好就把你揣进怀里一起睡去

我的心隐居在沉重的屋里

打坐的时候妄想出现声东击西

心里升起喜乐的瑞象顿时消失

如同闪电的你划过来我的嫁衣

我慌乱中潜伏在午夜的梦里

于一片黑暗里看屏幕上的你

瞪眼凝眉地锁紧嘴唇紧扣主题

仿佛第一次与你相遇的诧异

你站在我午夜的梦里遥望着我

敲着那盏暮钟与我对话游戏

我坐在一片波涛里跌宕起伏

心语借着月光在场院里缩卷着哭泣

你为什么非要让我有这种恐慌呢

远处的寺门突然之间又为我敞开

那位高僧师父双手合十向我走来

问我是否借宿调养好梦一场的失忆

我是真的动情想要跟着你的心走

我的心却又不知道丢在了哪里

破例中给朦胧中的你留言孤寂

你反而视而不见地默守陈仓生气

为什么非要让我离开你呢

仅仅一颗思念你揪颤的心不好么

在漆黑的夜晚里被撕扯成伤痕部落

终于星光陨落碎成一地破灭的剥离

愚痴的我想象着还是去流浪吧

只有跋涉在路上才能心情舒适

还掉你送给我的那件透明睡衣

披起征战时那件飘逸的斗篷迎风而起

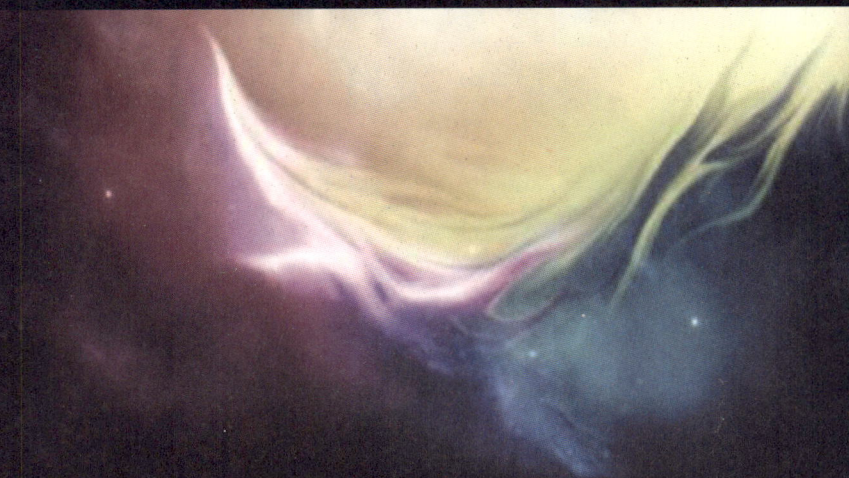

我曾经是你的新娘

爱上眉头

曾经凝固在环宇间的情网

那枚朱砂红痣的汪洋

一滴江山因美人点缀交响

依然绽放

只为让你认出我

曾经是你前世今生的缘

一位清纯委婉的新娘

爱下心头

已经为你种下因果的种子

前世没有渡过凯旋的关卡

今生依然扇动幸福的翅膀

宛若仙女

思恋凡间的恩怨故事

与你相遇在起伏的路上

情缘之旅一直曲折中跌宕

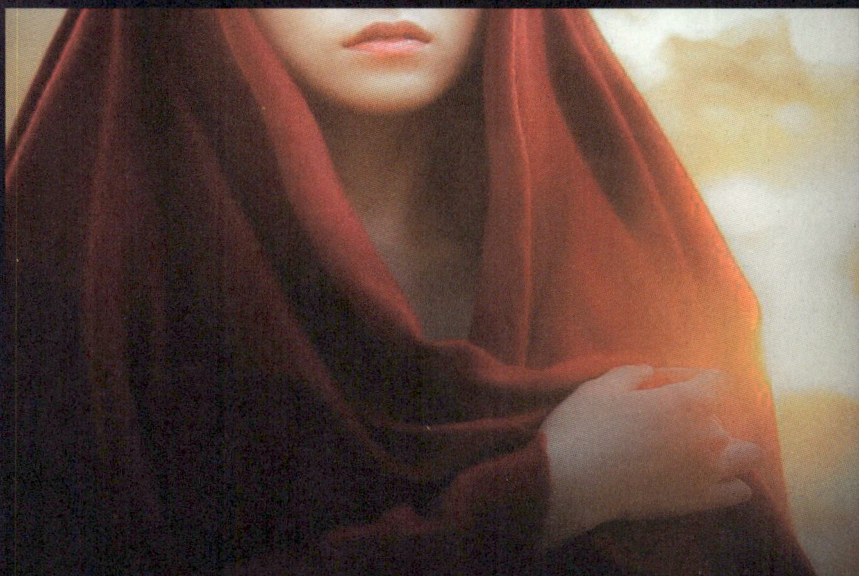

在前世那间草披的老屋里

我曾经是你炕头上的新娘

为你姗姗来迟的皆老陪伴

孤独守候一生凄凉的洞房

在今生追赶你的路上

我又一次等你在小桥流水旁

看着你挽陌生女子的手擦肩而过

我的泪水如倾天的大雨滂沱而降

你不记得我了吗?

我曾经是你的新娘啊!

你喝了孟婆几勺迷魂汤?

竟然将我轻易地遗忘!

你真的忘了我吗?

前世没有得到你的宠爱

今生没有得到你的温床

可是我依然记得你的模样!

你究竟要欠我几世的情缘

天上人间往返着飘荡躲藏

如果你还没有将轮回遗忘

却为何不记得我曾经是你的新娘?!

我曾经是你的新娘啊

那枚朱砂的红痣在眉心鲜艳开放

蝉羽的沙丽遮掩的只是欲动的唇香

还有那段丰盈的舞姿和柔软的手掌

我曾经是你的新娘

从来没有得到你的爱情

今生只为与你厮守短暂的娇柔时光

偿还前世你曾经承诺我来生共枕的梦想

我曾经是你的新娘

苦苦追寻你的脚步跌跌撞撞

哪怕只是偎依你一夜的温暖肩膀

然后再松开你的手梳长发腾空飞翔

你是我今生最好的修行

遇见你的时候

你对我百般的缠绵

当我对你依恋的时候

你又背对着我走远

你的温暖伴着你的冷战

往事在点点滴滴中吞咽

你的旁观伴着你的打探

前景在恍恍惚惚中不前

曾经与你在跪拜中许愿

来世要再续今生的情缘

不知从何时你却已经外恋

我只能在观想中控制意念

点燃一盏烛光的瞬间明鉴

拔亮我尘埃封闭的心境房间

原来你是我今生最好的修行

也是我途径尘世拐弯的驿站

独守一份凄凉的风景

有时候这份凄凉很美丽

美丽的很忧伤很牵挂很难忘

就像我独自守候的门旁窗口

望着人来人往的身影触景生情

有时候这份凄凉很彷徨

彷徨的如同来回徘徊的脚步

深深浅浅地寻找宝华的明镜

映照着你身心不一的瑕疵无声

在最初的乡村小路

独守一份凄凉的风景

宛若繁华深处晶莹闪烁的霓虹

终于让我们有了一份牵挂的心情

在喧嚷的钢筋丛林里

独守的已经不是岁月的客栈

而是一杯热气腾腾的禅茶一味

静观一池莲花盛开的繁华茂盛

独守一份凄凉的风景

在午夜时分念珠安静

看着你若隐若现的身影

消失在佛卷同修的那盏青灯

独守一份凄凉的风景

在黎明的黑夜弥漫无声

枕着你的目光一同睡去

醒来的时候却有你的书单签订

望着你的眼睛

你对我说你很失落

你从来没有忘记过我

梦里经常闪烁我的眼睛

我的泪水瞬间决堤划落

你又对我说你内心很酸涩

想起我的时候就心疼如灼

只是抑制住了那团燃烧烈火

望着你我的心里却刹那冰裂

你一直在说你焦头烂额

根本不知道我心里想的什么

望着你的眼睛我心依然落寞

我看见了你的心灵在扭曲中揉搓

你说你已经走出了爱情的困惑

但就要失去我的时候才恍然不舍

你说所有的一切对与错其实很简单

就为了能够让我净心写诗安心生活

你说谁也不能把我挪开你的心窝

更不可能代替我纯洁的独特

你说千万影像在眼前都是烟飞花落

只有我才是你的诗意凤凰炫舞乾坤的琢

你说着这些话

泪水潸然飘落

望着你的眼睛

我的心在疼痛中终于动摇抉择的割舍

真的很伤痛欲绝

你走就走了吧

还回来干什么

把我沉积的心搅和的七零八落

我的泪水冰封已成挽歌

你在我最无助的时候离开我

又在我最危难的时候飘然而落

把我的爱恨情仇旋起了波澜壮阔

望着你的眼睛我面前云烟飘过

我仿佛回到了从前的淳朴院落

那段宛若爱情神话的故事情节

又一次飘来了芬芳岁月的蹉跎

望着你转身离去的身影

我恍然如梦又一次惊心动魄

其实你说的再多又有什么用呢？

你走出了家门就走出了我守候的岁月

尽管你爱情的感觉已经转移

你还在对我说着爱我的时候

眼睛已经对外不停地飘洒游移

我敏感的创伤是痛苦的泪滴

你却窥视着暗中逍遥着窃喜

再善意的谎言也经不住我目光的凝视

再精心的伪装也经不住你自己的漏底

再圆满的欺骗也经不住我无眠的哭泣

再完美的故事也经不住我审阅的编辑

我的情感像一只受伤了的小鸟幼稚

丝毫的触碰都会死在飞不起来的手里

宣泄的方式仍然不能将幽怨溶解消气

无法找到转嫁的枝头绽放满怀的伤逝

熬过艰难的岁月熬不过你灯红酒绿的侈靡

所有的谎言无需揭穿你潜伏在时光的卧底

那个假期你陪在别人身边已经拍成了影集

而我却在浏览的街道为你挑选遮寒的风衣

残酷的真相摧毁我贞洁追随着你的勇气

背叛的质疑再也撑不起我飞翔的情痴

一场浩劫在灾难中消耗着你存储的武器

废墟堆里掩埋着却是我伤痕累累的瓦砾

爱着我的时候连我的任性都爱的甜蜜

目不斜视看着我由衷地惊叹我的诗意

再美的风景也没有心思领略深处的绚丽

包容的心胸总将我的点滴放进你怀抱里

我一如既往的诗歌也没有拴住你目光的迁徙

你的忘情水已经将我洗刷了迷惑心房的清晰

小鸟的翅膀再也没有依靠的肩膀守望着阵地

无眠的天空在夜晚撒下一地月色泪光的菩提

我往事如烟的才情没有留住你出走的步履

在你的眼里我的温柔都已经在风尘中落笔

因为我已经深深地感知你心态复杂的迷离

你对爱情感觉的认知已经改变了嗅觉的方式

尽管你爱情的感觉已经转移

并不影响我依然坚信对爱情的魅力

无边无际的寂寞冷若冰霜地宛若围棋

瞬间布满了我一帘幽梦里遥望的星际

心灵深处的炉火燃烧着我挚爱的阵地

伤疤层层叠叠已经结痂了抗生的能力

爱情的感觉终于从压缩的身心七窍生离

长成参天的大树在风吹雨打中寻找禅机

外遇的寒冰什么时候能够融化心底

坚固的城池什么时候道德才能伫立

生命的高贵跌宕着物欲横流的潮汐

爱情的感觉已经转移了海枯石烂的真理

既然爱情神话已经不能满足你猎奇的景致

那么你也就不是我渴望装进去唯一的容器

在绝望的境地也许会有一盏金樽破土而起

邀来日月与我共饮一江春水向东流的故事！

我就要走了……

我的灵魂在说话

我的身心在放假

假如你还不醒来

我就要走了……

我的眼睛在流泪

我的长发在飘洒

假如你还不回来

我就要走了……

我的草地已复苏

我的花朵已萌芽

假如你已不爱我

我就要走了……

我就要走了

把场院留给你

那里堆满了粮食

也堆满了垃圾

我就要走了

把小河留给你

河水已经干涸了泪滴

泛滥的时候已经无题

我就要走了

把村庄留给你

老树已经砍伐

老屋已经坍塌

我就要走了

把思念留给你

往事已经飘散

神话已经解谜

我就要走了

把牵挂留给你

梦里呓语声起

你在喊谁的名字？！

第四季 与你回眸一笑百媚生死有期

爱情故事四部曲：

第一部曲

与你相识在一池涟漪的中央

一池湖水从前世到今生荡漾着静谧

一朵粉黛的青莲从轮回中苏醒拂拭

一只翠鸟从春风中飞来鸣啼

望着我水中的倩影左顾右盼着找你

你从天堂降落在我的身旁

默默地望着我一声不响

你对着鸟儿轻轻挥手示意

这里如今是你要固守的阵地

一片白云在天空中舒卷着笑意

一束阳光从云层里折射虚幻的影子

一滴露珠在指尖上颤动着泪滴

一如我的心在湖底埋藏着苦难的根基

你蹲在我的身旁如胶似漆

静静地端详着我的模样着迷

你突然伸手想将我捞起来珍惜

却搅碎了我平静心房里储存的诗词

一池湖水在动荡中还是这么静谧

那只鸟儿已经不知飞去哪里栖息

那朵青莲的花瓣还在飘逸中幻想远离

而你却将我移植在你音律不齐的心里

你就这样带着我游走川流不息的路上

从此所有的牵挂都与家园失去了联系

每当怀念起那池湖水的清纯亮丽

澎湃的汪洋无边无际地在摇曳中荡涤

我心无杂念跟随你在远方四处流浪

仿佛我还是湖面上那片青萍的模样

只是纯净的湖水换成了泳池的洋溢

游来游去游不出你眼底彷徨的远视

与你相识在一池涟漪的中央

从此只有在你的怀抱关闭着心事

与你就这么苦苦地厮守围城的墙壁

只想此生此世深情相依着不离不弃

爱情故事四部曲：

第二部曲

与你前世修来今生姻缘的双栖枝

我的心意是前世就了知的么？

与你相识的那天却在回眸的观望里

同道的缘起在一个傍晚的酒馆

你只看了我一眼就惊诧了一份亮丽

你曾经对家人许下诺言

一定要把那位才情的女孩娶进家里

于是你精心设计了一场战役

轻易掠夺了我高傲坚守的阵地

十五的月亮含羞躲进云层里

你在十六的夜里乘着月光出击

那片蔬菜园子里藤蔓缠绕着夜色静谧

你跪地指天发着爱我一生不离不弃的毒誓

那晚恰逢一对青鸟追逐嬉戏

你说那是我们的前世显现密意

望着你炯炯有神光彩照人的眼睛

我忐忑不安的心顿时豁然明朗了迷离

从那个相识以后第三天的晚上开始

你就陆续给我讲着有关一千零一夜的故事

讲着讲着你走进了我的视野里

听着听着我就迷失在你的构思里

如果你和我真的是今生来续前世的缘

那么月下的枝头又是谁在等待着箫声起

如果所有的树木都能结满今生的果实

那么前世又是谁将种子撒在你途径的陆地

你天资聪慧地宛若九天争强好胜的修罗神异

一边应付外界对你说三道四的意图琢磨根治

一边安抚着我对你提出种种游移眼神的猜忌

最终还是被你一览无余地尽收眼底

与你前世修来今生姻缘的双栖枝

自从进了你的家门就忘记了存在自己

无花果的院落杂草横生着荒芜的诗意

从此再也没有离开辘轳女人和井的传奇

爱情故事四部曲:

第三部曲

与你哭泣的时候心泪只有一滴

黄昏的雨水淅淅沥沥在飘荡

池塘的岸边风生水起在徜徉

青莲的面容哭成一朵清纯画像

心里的泪水只有一滴在流淌

那时我的心里虽然有了景象

却还是被你有意地揉搓了轨迹

我的理想还在天涯海角的远方

我的诗歌还在漂泊的路上眺望

你把我才情的娇柔掠到你的身旁

放置一边再也不管我的迷茫

你把我的身心揉虐成一张网

密密麻麻的伤痕几乎理由都是一样

我是生活在你的池塘？

还是生存在自己的街巷？

从此纵有千言万语想倾诉衷肠

你却再也不听我的诗歌再也不理我的梦想

我的心盘结成莲蓬的向往

把自己的诗歌埋进生命的池塘

哪怕被伸来的手将我摘取炸成果酱

也不想年复一年被挖出七窍穿孔的心房

你还在漠视着我的才华我的思想

信手拈来的画笔还在轻描淡写着我的彷徨

那只莲蓬被你画断了枝干的肩膀

莲子向谁撒下了一池伏笔的情网

与你哭泣的时候心泪只有一滴

荷叶的面庞已经被你油腻的画笔涂抹成蜡像

任凭我的泪水流满了心底的储藏

滚来滚去滚成了一团伤痕的珠江

与你哭泣的时候心泪只有一滴

千山万水都阻止不了我漂泊的专场

此情此景已经被你折断了飞翔的翅膀

哭成一池青莲的碧波向着头顶膜拜天堂

爱情故事四部曲：

第四部曲

与你回眸一笑百媚生死有期

那朵花逾越了季节依然盛开美丽

那只鸟衔来吉祥的祝福驻守护持

千山万水走遍了曲高和寡的孤寂

古琴拂袖弹唱了前世今生多少回忆

你的痴情夹杂着你虚荣的爱慕

我的纯情迎合了你巧设的诡计

几个来回送来送去的不舍分离

送出漫天瑰丽的奇葩周而复始

幽绿的浮萍遮掩了一湖的心事

一腔的柔情埋藏在深深的淤泥

你素裹着冬装淡漠了我激情的心语

就像冰封的湖面再也弹不响你的音律

我回眸的瞬间波澜了一江春水的涟漪

刹那的感动壮阔了一去不复返的志气

我与你共鸣的颤动惊醒了沉睡的静谧

弹指的江山顿时被马蹄声声踏碎了梦呓

与你回眸一笑百媚生死有期

那叶扁舟顷刻之间已经日行千里

我的心田因为你的远去凋零了花期

仿佛被一箭双雕射落了满树的果实

寒风萧瑟的冬季落叶飘然而至

我的心炉燃烧了黄昏妩媚的端倪

封神榜上排列着你曾经忠义的仙堂位置

瑞丽的凤鸾翩翩起舞着诗情画意的绣衣

大唐的神韵在我心中流淌千年的迤逦

瑶池的仙子在我眉间透出万般的娇滴

西厢记里的故事被你死板教条地搬离

顷刻之间的倾城之恋翻江倒海地流失

与你回眸一笑百媚生死有期

流光溢彩的眼睛传奇流世的光天化日

最美的过程已经不是与你回眸的生死

百媚一笑了断了前世今生冤冤相报的债期

你又在我的梦境里出现

为了逃避你所谓的中转

我什么时候又回到海边

眼前人来人往竟然像熙熙攘攘的车站

我独自守候门前也不知是在把谁期盼

一辆陌生的车子突然停在身边

车门打开的瞬间出现了你和另一张蒙面的脸

你为了让我屈服竟然亮出了一把弯曲了的剑

一份变异了的爱情就这么明晃晃地摆在面前

我站在你面前默默无言看着你

与你凝视的瞬间天空飘落雨点

那位蒙面的女子到底是你的谁呢？

真相已经大白竟然还遮羞撕破的脸面

尘埃落定的时候梦境困扰着从前

与你的恩怨到处洋溢着隐秘的示现

莫奈的深情谁能幸运地相遇生死缠绵

一瓢春水金不换终生的是弱水三千

梦中家乡那棵槐花树已经拦腰砍断

曾经偎依在你怀里的梦魇已经冷艳

你独自一人到底去了什么地方？

隔壁的女孩随口吐出梦幻的香烟

梦醒时分还是不见你的往返

你是否回到了家乡村庄的客栈

山海相连的地方晾晒着旅游的航线

那床凤穿牡丹的棉被此时叠在谁的身边

心碎的慌乱如同山岗石破惊天

几缕梵香伴随梵音翻阅着经卷

满怀的心事宛若直上九霄云端

秋风扬鞭驱赶着我日夜的思念

你走的还是那么久那么远

什么时候回心意转不再是我的悬念

外面的世界精彩无限你始终流连忘返

我已经不再奢望你千里迢迢赶回来相见

你的传闻虚虚幻幻的广泛流传

虚幻的美丽已经灭盘在梦境的枕边

跪拜燃香的时候感觉有你的陪伴

仿佛是你熟悉的目光注视着我在许愿

你又在我的梦境里出现

那个掩面的女人已经起身走远？

望眼欲穿的时候就把目光斩断

炼成一束禅意的光芒凝聚在净土的里面

今生从此不再与你相见

与你一起走了这么多年

路越走越长没有了驿站

心越隔越远没有了灵犀缠绵

所有的回忆都残忍的泪血相伴

深爱着你的梦在午夜间

恍惚不清地提心吊胆

原来的两颗心不再紧紧粘连

生命的火花不再在碰撞中惊艳

你疯狂地挥霍往日的情缘

无奈中我平静地居住禅院

淋漓尽致的真相不再期望洞天

分道扬镳才是我们注定面对的景观

我知道我的爱深的像莲

我知道我用情重的如山

就像你开始不在我身边的那些天

没有你的鼾声我于半夜里惊醒哀叹

你走了，走进了另一段激情新欢

看着你留下来的踪影滴滴点点

我常常想象着你的现状泪涌如泉

你心狠的竟然完全没有了理性的羁绊

我梳理长发时瞬间闪念

人生如梦不过是清茶一盏

缘起缘灭摆渡邂逅于往返

旷世的深情终于尘封在北极冰川

从你的一见钟情到你的断然背叛

我在你虚幻的影像里徘徊着等闲

直到我抉择今生从此不再与你相见

就像你再也不会出现时的这个冬天

今生，从此不再与你相见

从此，放下所有过去的从前

天涯之恋——从此溺水搁浅

静候那份属于我的爱情港湾

破灭的爱情神话

——祭祀一场姻缘的逝去

泪水流干了的时候

秋叶也伤心的飘落了遍地

一场婚姻因季节的变换枯萎

被环卫扫起来焚烧成一堆破碎的哭泣

还有多少往事再值得回忆

还有多少情怀再值得惋惜

你那双黑夜里飘忽游离的眼睛

总让我在对视的瞬间不寒而栗的猜忌

如果说那段一见钟情的故事还在沉迷

如果说那些转眼编来的谎言还在继续

那么你真的是智商低得可怜彻底

错将我的坚持和守候当成了球来回踢

在那段时间里我总有想不通的质疑

那是因为我还在勉强努力地爱着你

而今你连这点空隙都不留有余地

我只好松开手中的线任你在飘摇中远去

其实没有太多的遗憾婉转着可惜

我们加在一起本来就不是一道算术题

算来算去的错误还不如马牛不相及分离

我太累了也该好好地长长舒松一口气

我为自己祭祀这场姻缘解体的同时

深刻地为你获得更加的自由剖析

婚姻不是衣物穿久了就闲置或抛弃

祝福你的姻缘会出现天长地久的奇迹

我为自己祭祀这场姻缘逝去的同时

衷心地感谢你曾经陪伴我一路走来的崎岖

拐弯的路口就是我们分手的驿站地

那里的站台也许真的有爱情永恒的风生水起

你走了，我的梦想从此长出了翅膀

曾经，为了你

我在自己的翅膀上

拴上一根长长的线

线的另一端握在你的手里

曾经，为了你

我在自己的茂盛里

围了一圈栅栏

栅栏的钥匙挂在你的腰里

可是，你还是觉得我这片云不够柔美

可是，你还是觉得我这颗星不够亮丽

于是，你就随着夕阳落下的时候消失

把我一个人丢弃在黎明前黑暗的夜里

你终于走了

虽然有着各种诉说的理由

你走的那么干脆彻底

甚至都没有怜悯一下我的哭泣

你走了，走的我一塌糊涂

走的时候竟然是悄无声息

甚至让我以为你是像许多的从前一样

在与我玩一场看谁能沉得住气的游戏

你走了，走的我一败涂地

带走了我给你精心挑选的生日礼物

真的做梦也没有想到你会如此决绝

竟然舍得抛下我一直纯情如初地跟随着你

你走了，走的我满目疮痍

走的时候趁我在远方故乡探亲的日子

也许你是真的不忍心看着我傻乎乎的样子别离

也许你会真的面对我束手无策的现状改变主意

你还是走了，走了的几年时间里

我面前的生活是一团理不清的头绪

我的身心完全浸沉在雾霾的灰暗里

我的天空上面不分季节下了好长时间的雪和雨

既然我的柔情似水不能使你牵肠挂肚

既然我的一往深情不能使你回眸顾忌

既然我哭我笑都已经不在你的心底

既然我生我死都已经不在你的生命里

你走就走了吧，我已经挣脱了爱你的旋窝

从此我们咫尺便是天涯的距离

你走就走了吧，我的梦想从此长出了翅膀

我诗歌的人生因为与你分道扬镳改变了轨迹

当你说你还爱着我的时候

你一直对我说你很爱我

我一直问着自己你爱过我吗？

如果曾经爱过那是真的无怨

因为那时我们一无所有的饥寒

你还在说你一直还是爱着我

我此时已经默然无声地震颤

如果你还爱着我就不会走远

就不会轻易地凋落我春暖花开的春天

你还是经不住外面世界的秒杀灿烂

在一个风高云清的夜晚离开我的痴恋

从此，你的天地是乾坤朗朗地星移斗转

而我则是昼夜守望着日月期盼你的回还

几乎是相同的儿时遭遇苦难

几乎是一见钟情的心灵彼此共颤

你和我出生在东北两条江的彼岸

岁月又将你和我推上了彼此的客船

当时光改变了我的容颜

当生活负累了你的心田

繁杂的琐碎遗失了浪漫的情缘

你狠心地甩手离我而去不再牵绊

我的反应就是无助地以泪洗面

满腔的回忆奔腾了江水的思念

最初的愿望已经是水中捞月

最深的情怀已经在破碎中成篆

曾经在心中种下对你的心愿

期望的种子篆刻着我的明天

清晨向你倾注霞光的鲜艳

夜晚对你撒下月光的清淡

天天盼你出现成了习惯

夜夜想你归来成了梦幻

烛光泪痕是我写给你的诗歌无眠

漫天的星月是我思念你温柔的灯盏

不经意之间发现了你秘密的伪善

爱情的天平瞬间偏离了星际的秤杆

一滴泪珠就是一滴心血的伤寒

日积月累堆出了一片伤痕累累的高原

午夜的钟声敲打着我诗歌的键盘

我在心里无数次地呼唤着你的夜晚

如果我与你那份心通的感应畅通无间

你此时此刻应该心慌意乱地惊慌失眠

流着泪水写下每行诗句的片段

重复的只有诗歌的标题在泪水涟涟

你还爱着我吗？当你说还爱着我的时候

我无数次自己问着自己的心田

清纯的眼睛再也盛不住你影像的飘闪

才情的手指畅通了我高山流水的彼岸

恍惚之间你玉树临风出现在我的面前

我伸手握了一把你空荡荡的恍惚梦魇

我知道你很难回到我的身边

我知道你已经无法回头是岸

我知道你已经遗弃了诅咒的誓言

我知道你已经无法在安静中缠绵

如果曾经的那份爱真的是天地可鉴

如果曾经的那份情还值得你去怀念

就应该与我好合好散彻彻底底分担

不要让我在痛苦的伤口上再撒一把盐

当你说你还爱着我的时候

其实你自己都无法面对身边的难堪

我此时此刻已经彻底清醒不再纠结着心酸

我和你相伴的姻缘因为离别从此背道走远

我迷失在你大雪纷飞的怀抱里

你随着北京的第一场雪飘来

在我面前突如其来的降落

你虽然默默看着我不说一句话

千言万语都已经在无言中融化

那一年我在一个风雪的日子外出

你却在这个风雪的日子离开了家

漫天的雪花仿佛一颗颗冰冷的心

在颤抖的瞬间流着泪水冻裂了惊诧

从此你拧开了夜伴歌声的门阀

在荣华富贵中享受惬意的禅茶

从此我失去了你最初原始的童话

在望眼欲穿的思念里致命天涯

你的身影在灯红酒绿中穿梭潇洒

你竟然轻易地丢失了我携手的宝华

我的心随着季节的变化浓淡落差

再也走不出对你幽怨着当初的婚嫁

就在这一场场风霜雪月的变幻落花

就在这一份份跌宕起伏的心海喧哗

你的影像成双结对地走出了我的牵挂

我期盼的目光只好斩断了望你的步伐

你走就走了吧

我不再对你有任何奢侈的想法

那些风尘的杨柳已经枝断在事故的酒驾

我心已经恍然苏醒重新跳动着黄昏朝霞

你为什么还要再回来呢？

返回的你已经没有了当初的深情和才华

你为什么在我心灰意冷的时候才想起我

纯朴自然的率真和纯净如水的无瑕？

既然你已经走出了我视线的灯塔

为什么又在雪花飘落的时候回家

你是要还原初始的爱情？

还是要继续链接中断的神话？

你随着漫天的大雪降临

将一张发黄的纸片轻轻打开放下

上面是我在多少年前写下的困惑

问情为何物？真教人生死相许啊！

你转身而去的刹那间

我看见你一行泪水潸然落下

望着你已经身不由己离去的身影

我仿佛又一次迷失在你大雪纷飞的怀抱里

今天是我为你写下最后一首诗的日子

一场恩怨的雨从前世一直下到今生

淅淅沥沥如泣如诉一直没有停止缠绵

昨天在黑白颠倒着乾坤的扭曲里无眠

瓢泼大雨终于忍不住喷涌而出漫天飘散

就在你对我规劝遭到拒绝的失败里

就在你看到了我坚定目光的失望里

就在你开口第一句恶言恶语的中伤里

你在我面前和心里的形象终于轰然塌陷

尽管你最终还是选择了对我的背叛

我内心深处依然感激着你曾经的陪伴

在我如痴如迷地与诗歌为伍的日子里

你曾经默默无言的关爱我岁月如河的诗篇

只是诗歌的道路太迷茫太漫长

只是我固执的坚守太任性太执着

只是你面对的生活太沉重太压抑

你再也没有心情守护着我梦想成真的信念

面对你变化的冷落和多端的抱怨

我只是愧疚自己不能放弃对诗歌的迷恋

更多的自责不能支持你叱咤商场需要的助战

更多的抱歉不能陪伴你灯红酒绿的迷醉盛宴

你也许有千千万万的理由指责我的简单

但是我面对你的背叛和出走只有伤心和幽怨

那也是因为当年你爱慕我的才情又死打烂缠

到头来我的初心未变而你却是初衷改版！

多年以前的那个十五的月亮十六圆的夜晚

你跪在我的面前指天流泪发着誓言：

你是我前世的妻今生相遇再续前缘

我对你关爱守护不离不弃天地可鉴！

面对你的深情誓言，我感动的泪水涟涟

我即刻跪在你的对面与你击掌承诺还愿

无论遭遇何种境地无论面对何种艰难

我心海不枯石不烂，生生世世永远相伴

接下来的生活有苦也有甜

没有钱的日子一切都那么纯朴自然

你回家的时候总是带给我喜欢的惊叹

我送你到门口又总是给你正正戴歪的帽檐

日子在磕磕碰碰中一去不返

生活在点点滴滴中不知不觉地改变

你在潜移默化中将目光撒向广阔的辽远

我依然深深思索苦苦纠结着重振诗坛的明天

后来的日子如同季节逐渐发生了改变

写到这里必须将往事的回忆顷刻斩断

再多的语言此时已经苍白得烟消云散

如同你衣冠楚楚而我依然是长发结辫棉布长衫

我真的没有办法让自己改变一些本性的心愿

所以我的爱情可能面临着种种挫折和苦不堪言

就像我坚守的诗歌阵地一样不能离开前线

即便不能如愿以偿也绝不会勉强的凑合污染

今生期望与你白头偕老却又不能与你相依相伴

这是一场多么疼彻心扉又遗憾终生的生死之恋

仿佛那些韵律悠扬的句子没有谱曲传唱的诗篇

柔情万千的情感还是没有找到自己的那片港湾

今天是我为你写下最后一首诗的日子

然后包裹着那些从前的誓言在心炉里一起收敛

就像我从一场如梦如幻的冥想中睁开眼

原来的那个你只是我的一个幻觉从来就没有出现

2015 年 11 月 29 日午夜时分

图书在版编目（CIP）数据

黑丫诗歌作品集：全5册 /黑丫著. – 北京：

中国文联出版社，2015.12

ISBN 978-7-5190-1035-5

Ⅰ. ①黑… Ⅱ. ①黑… Ⅲ. ①诗歌－中国－当代

Ⅳ. ①I227

中国版本图书馆CIP数据核字(2015)第 320572 号

黑丫诗歌作品集：你是我生命中的黑洞

作　　者：黑　丫			
出 版 人：朱　庆			
终 审 人：奚耀华		复审人：王　军	
责任编辑：顾　苹		责任校对：张铁峰	
封面设计：陈董佳		责任印制：陈　晨	

出版发行：中国文联出版社

地　　址：北京市朝阳区农展馆南里 10 号，100125

电　　话：010-65389144（咨询）65067803（发行）65389150（邮购）

传　　真：010-65933115（总编室），010-65033859（发行部）

网　　址：http://www.clapnet.cn

E – mail：clap@clapnet.cn　　　　　　gup@clapnet.cn

印　　刷：北京瑞象今日印刷服务有限公司

装　　订：北京瑞象今日印刷服务有限公司

法律顾问：北京市天驰洪范律师事务所徐波律师

本书如有破损、缺页、装订错误，请与本社联系调换

开　　本：710×1000		1/16
字　　数：2500千字		印张：50
版　　次：2015 年 12 月第 1 版		印次：2015 年 12 月第 1 次印刷
书　　号：ISBN 978-7-5190-1035-5		

总 定 价：235.00 元（全 5 册）

版权所有　翻印必究